_____ 드림

아프지 않았으면 좋겠어

아프지
않았으면
좋겠어

초판 1쇄 발행 2017년 7월 21일
초판 5쇄 발행 2020년 10월 18일

지은이 성호승

발행인 장상진
발행처 (주)경향비피
등록번호 제2012-000228호
등록일자 2012년 7월 2일

주소 서울시 영등포구 양평동 2가 37-1번지 동아프라임밸리 507-508호
전화 1644-5613 | **팩스** 02) 304-5613

ⓒ 성호승

ISBN 978-89-6952-180-4 03810

· 값은 표지에 있습니다.
· 파본은 구입하신 서점에서 바꿔드립니다.

아프지
않았으면
좋겠어

성호승 지음 — 박현서 그림

경향BP

꽃보다 더한 따뜻함이 밀려온다.
그대의 봄은 아직 끝나지 않았다.

아프지 않았으면 좋겠어.

슬퍼할 때
힘들어할 때
아파할 때

우리는
행복을 배우고
사랑을 배운다.

포기

포기한다는 것은
꽃이 피기도 전에
꽃이 피지 않는다며
물을 주지 않는 것과 같다.

포기 2

그대가 이루고자 하는 것이
일찍 오지 않아도
조금씩 더 나아가고, 조금만 더 힘을 내자.

먼 훗날 그대란 꽃이 피었을 때
노력했던 만큼, 힘들었던 만큼
햇살보다 빛나고, 하늘보다 더 푸를 테니

하고자 하는 것은 이루고
그 자리에서 누구보다 예쁜 꽃이 되길 바란다.

슬픔

나도 모르게 눈물이 났다.
화난 것도, 아픈 것도 아니었다.
그저 서러워서, 위로받고 싶어서
알아주길 바라진 않았지만
어느 누군가에게 따뜻하게 안기고 싶었다.

그렇다.
슬픔이란 감정에는 따뜻한 사랑이 필요했다.

사진

좋은 헤어짐을 맞이했든
나쁜 헤어짐을 맞이했든

우리는 헤어졌기 때문에
보고 싶어도 볼 수 없었다.

나에게 남아 있는 건
너와 먼 미래를 생각하며 찍었던
추억의 사진들.

널 볼 수도 만질 수도 없기에
난 그렇게 오늘도
내 옆에서 웃고 있는 널 어루만졌다.

○

괜한

괜한 고민에 힘들지 않았으면.
괜한 걱정에 아프지 않았으면.

우리의 대화는 그랬다

하루가 어땠는지.
아침, 점심, 저녁엔 어떤 것을 먹었는지.
같이 가 보고 싶은 곳은 없는지.
아픈 곳은 없는지.
보고 싶지는 않은지.
사소한 일상과 함께 너와 내가 그림을 그리듯
대화하는 그 시간이 너무나도 행복했다.
너의 기분을 듣고, 너의 시간을 듣고,
너의 목소리를 듣고 있을 때

나의 사랑은 마치
10시간이 1분과도 같았다.

회상1

비 오는 날 우산을 쓴 채 걷다
오른쪽 어깨가 다 젖었다.
참
너는 왼쪽에 서 있길 좋아했지.

회상 2

손을 잡고 어딘가를 걷게 되면 항상
왼쪽이 편하다며 서 있던 그 사람이 그리웠다.

왼쪽에서 걷고 싶다며
장난을 치던 그때가 엊그제 같은데
널 잃고 나니 내 왼쪽도 함께 잃은 기분이었다.

시간이 흐르면 내가 아닌 누군가에게
오른쪽을 주게 되겠지.
하지만 난 시간이 흘러도 똑같을 거야.

혼자 비 오는 날 우산을 쓴 채 걷다 보면
나도 모르게 왼쪽을 비워두는 습관이 생겼거든.

그래서 매일같이 내가 아무렇지 않게

○

혼자 오른쪽에 서 있을 때마다
네가 생각이 났어.

아파해준다는 건 1

아픈 네가 혼자 비를 맞고 있을 때
다가가 우산을 건네주는 것이 아니라
묵묵히 옆에 앉아
비를 같이 맞아주는 것.

○

아파해준다는 건 2

"괜찮아."라는 말보다
"잘할 수 있어."라는 말보다

지쳐 울고 있을 때
아무 말 없이 같이 아파해주는 것이

더 큰 위로가 될 때.

첫사랑 1

내가 제일 사랑했던 사람에게
상처를 받아
죽을 만큼의
아픔을 느꼈던
그때의 그 사랑.

첫사랑 2

첫사랑은 제일 사랑했던 사람이라고 얘기를 해요.
끝이 났는데도 불구하고 제일 사랑했던 사람이라 칭하죠.

아니면
그때의 그 행복만 기억하고 싶은 것일 수도.

근데 그거 알아요?
사람들은 행복했던 기억은 계속 가지고 싶어 하고
아팠던 기억은 지우려고 한다는 것을.

그래서 그럴 거예요.
제일 행복했던 시간이 아니라 제일 아팠던 시간이었을 텐데
시간이 지나 아팠던 것은 지우고 행복만 가지고 있기 때문에
첫사랑을 제일 사랑했던 사람이라고 하나 봐요.
첫사랑은 아픔이고 앞으로의 사랑이 행복일 텐데 말이죠.

○

별

별이라는 그대는
빛을 잃지 않는다.

힘든 날이 있어도
아픈 날이 있어도
우는 날이 있어도
괜찮아.

별은
하늘이 어두워야 더욱더 예쁘게 빛이 난단다.

표현 1

고맙다는 말도 부족해서
좋아한다는 말도 부족해서
보고 싶다는 말도 부족해서

나는
"사랑한다."라고 말합니다.

표현 2

정말 많이 아끼는데
정말 많이 좋아하는데
정말 많이 보고 싶은데

무슨 말을 해도 부족하고 부족해서
사랑한다는 말만 연신 입에 담아요.

사랑합니다. 사랑합니다.

시간은 돌아오지 않기에

순간을 소중하게 쓰기를

추억

누구나 추억이라는 것을 가지고 있겠죠.
안 좋은 추억이든 좋은 추억이든.

우리는 그것들 모두를 가지고 살아야 돼요.
없어서는 안 될 소중한 것들이니까요.

거리를 걷다 옛 추억이 떠올라
얼굴에 미소가 머금어질 때

추억은
그때가 제일 아름다운 것 같아요.

짝사랑 1

예쁜 꽃을 가지기 위해 줄기를 힘차게 꺾었더니
가시에 찔려 피가 흘렀다.

잡을 수 없는 예쁜 꽃에 나만 아파야 했다.

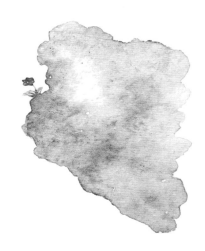

짝사랑 2

그 사람이 뭐가 그렇게 좋았을까.

내가 그렇게 싫다는데도
나랑 그렇게 안 맞는다는데도

뭐가 그렇게 좋았을까.

따지고 보면 딱히 이유도 없었어.

너와 말을 하지 않아도 너와 밥을 먹지 않아도
너와 영화를 보지 않아도 너와 연애를 하지 않아도

그저 바라보는 것만으로도 좋았으니까.

꽃

예쁜 꽃을 보면
이 꽃의 이름은 뭘까,
이 꽃에서는 어떤 향이 날까
궁금해하듯

예쁜 너도 그래.

바람

차가운 바람만 불어
얼다 못해 굳은 마음이
온기로 둘러싸여
따뜻해질 수 있도록

따뜻한 바람만 불어왔으면.
따뜻한 바람이 안아줬으면.

쉽게

헤어지자는 말을 쉽게 해선 안 된다.
사랑한다는 말을 쉽게 하지 않았듯이.

꽃이 되기 위한 과정

살다 보니 정말 말도 안 되게 힘든 일도 있더라.
일이 잘 안 풀려 지치고
사람 사이의 관계에 힘들어하고
사랑에 아파하고.

그런데 하나씩 이겨내고 일어서다 보니
세상에 보이지 않는 것들이 더 많다는 걸 알게 되고
아직 찾아오지 않은 행복도 보이더라.

꽃이 되고 나니
조금씩 보이더라.

○

너였으면

비가 내려도, 바람이 세차게 불어와도,
사람들에게 밟히고 꺾여도
결국 필 꽃들은 아름답게 피어나듯

삶이 힘들어도, 지쳐 주저앉아도
사람에게 치이고 상처를 받아도
일어날 사람들은 다시 일어난다.

그리고
이 말은 다른 사람이 아닌
네가 들었으면 하는 거고.

말의 온도

좋은 말로 사람을 웃게 만들고
나쁜 말로 사람을 울게 만들고
어쩌면 사람 사이에 모든 일들은
말로 시작되고 말로 끝이 나는 것 같기도.

혼자만의 늦은 이별

번호를 지우고 내 번호도 바꿨다.

SNS에 들어가 보지도 않았다.

너의 소식이 들릴 때마다

입술을 세게 깨물곤 했다.

집 앞에서 기다렸다

뒷모습만 보고 가는 일도 하지 않았고

혼자 좋은 곳으로 여행을 다니기 시작했다.

새벽까지 친구들과 술도 먹었지만

네 번호를 썼다 지웠다 하지 않았다.

서툴지만 손글씨로 쓴 편지를 보다가

울컥해도 참았고

괜히 휴대폰을 보며 추억을 뒤적거리지 않았다.

예쁘게 찍었던 우리의 사진들을

하나씩 지우기 시작했고

다른 사람들도 조금씩 만나 보기 시작했다.

○

좋아하고 사랑했기 때문에

돌아오지 않을 네가 이제는 행복했으면 하고.

돌아가지 않을 내가 이제는 행복해졌으면 해서.

혼자여도 1

달이 예뻐 보이려면 별이 필요하고
꽃이 예뻐 보이려면 꽃잎이 필요하고
하늘이 예뻐 보이려면 구름이 필요하듯

누군가에게 필요한 사람이 되기 위해
지금은 혼자여도
어여쁜 사람이 되어라.

○

혼자여도 2

어여쁜 사람아.

어여쁘고, 어여뻐서

달에게는 별이 되어주고
꽃에게는 꽃잎이 되어주고
하늘에게는 구름이 되어주길.

예쁜 사람

예쁜 사람이었기에
예쁜 사람들은

자신이
예쁜 사람인지 모르는 거야.

지치고. 힘들고. 아파도
그 예쁜 얼굴로 울지마라

꿈에서

많이 속상하기도 하고 지치기도 했을 너에게
오늘 밤 꿈에서는 좋은 일이 생겼으면 해서.

누구보다 빛나는 별이 되고
누구보다 예쁜 꽃이 되었으면.

힘내자

힘들고, 지치고, 아파도
내내 모든 일이 잘 풀리지 않는다 하여도
자신을 사랑하는 것을 놓지 않았으면 해요.

옆에 있는 사람

옆에 있는 사람이
다른 사람에게 가면 어쩌나
불안해하고 무서워하지 않았으면 해요.

정말 좋은 사람을 만났다고 생각한다면
지금 옆에 있는 그 사람
그렇게 못난 사람은 아닐 거야.

○

있을 때 잘해요

바람이 세차게 불어올 땐
꽃도 흔들리는 법이니.

비록1

비록 사람에게 상처를 받아
아프고 또 아파했지만

사람을 좋아하는 것만큼
행복한 것도 없더라.

비록 2

사랑에게, 사람에게 상처를 받아
아프고 아파했지만

또 다른 사랑에, 또 다른 사람에
따뜻함과 행복함을 찾게 됐다.

결국
나에게 차가운 것도 사람이고
나에게 따뜻한 것도 사람이더라.

말의 무게

연인 사이에 헤어졌다 다시 만났다 해도

한 번의 헤어짐으로
무거웠던 우리 사이가
조금씩 가벼워진다는 건 알아야지.

보고 싶다

"보고 싶다."는 말이 많아
유독 더 보고 싶은 날이 되었다.

365일 중 365일이.

분명

지나간 일에, 지나간 사람에
연연하지 않았으면.

아직 지나지 않은 것들이
분명 기다리고 있을 테니.

이별1

이 어두컴컴한 하늘에
별마저 사라지는 것.

이별2

우리가 하나씩 하나씩
그려놓은 별을 지워야 했어요.

별로 인해 밝았던 밤하늘이
어두워지기 시작했어요.

그래서 더 무섭고 아팠나 봐요.

날 비춰줄 누군가가 없어졌다는 것에.

어여쁜 사람아

수없이 상처 받은 너의 마음에
흉터는 없었으면 좋겠다.

떠올리면 슬프고 아픈 그런 상처가 아니라
웃어 넘길 수 있는 그런 상처였으면 좋겠다.

자책

무슨 일이 있더라도
자책하지 않았으면 좋겠어.

어떤 모습이든, 어떤 이유로든
소중한 널 소중히 대했으면 좋겠어.

운명

돌고 돌아도 돌아왔겠지.
운명이었다면
그랬겠지.

존재

어떤 조건이든
어떤 상황이든
어떤 모습이든

그저 나의 존재만으로도
사랑해줄 수 있는 그런 사람.

아직까지는 1

Q. 이제는 괜찮아?

A. 괜찮아.
그런데 아직까지는 나를 많이 사랑해줄 수 있는 사람이
있을까 싶어서, 아직까지는 누군가에게 내 마음을
온전히 다 줄 수 없을 거 같아서.
조금만, 조금만 더 이렇게 지내 볼래.

Q. 그 사람 정말 많이 사랑했나 보네.
진심으로.

○

아직까지는 2

누군가에게 사랑을 받고 싶기도 하고
누군가에게 사랑을 주고 싶기도 한데
아직까지는
두렵기도 하고, 아프기도 해서
조금만 더
조금만 더
혼자 있고 싶어서.

사랑이 맞을 거야

힘들고 지칠 때
의지하고 싶은 사람이 있다면
맛있는 음식을 먹을 때
같이 먹고 싶은 사람이 있다면
잠이 들기 전까지
웃는 모습이 떠오르는 사람이 있다면

지금까지의 이야기가
그대와 같다면.

언젠가

같이 차곡차곡 추억을 만들고 쌓아도
한 사람이 어긋나버리면
모든 것이
무너져버릴 텐데.

끝에는1

혹여 가는 길이 가시밭길이어도
끝에는 꽃밭이 있길 바라며.

끝에는 2

하루에도 수천 번씩
뭐든 그만두고 싶다는 생각이
들 때가 있다.

괴롭고 지치고 힘들고
행복이라는 것을 찾아 볼 수 없을 만큼
바쁜 나날을 보내는 너에게

끝에는
눈이 부셔 뜰 수 없을 만큼
예쁜 꽃밭이 있길 바라며.

그런 연애

만날 때마다 의심하고
불안해하는 연애 말고

눈만 쳐다봐도
'이 사람이 날 정말 사랑하는구나.' 하고 느끼는
그런 연애.

불행

행복만 찾으려고 애쓰지 마.
살아가는 데 불행이 있어야
행복도 오는 거야.

묵묵히

힘들다 하지 마라.
힘들다고 알아주는 사람 없다.
슬프다 하지 마라.
슬프다고 알아주는 사람 없다.
아프다 하지 마라.
아프다고 알아주는 사람 없다.

알아주는 사람이 없어도
묵묵히 있을 때
더 빛이 난다.

좋은 사랑 1

좋은 사랑만 할 수 있나요.

쓴 사랑도 해 봐야
단 사랑도 할 수 있는 거지.

좋은 사랑 2

한 사람과 마지막까지 함께한다는 건
참 멋진 일이다.

영화 같은 사랑, 꿈으로 그려왔던 사랑을
생각하고 마음먹어도
전부가 그럴 수는 없다고 생각한다.

사람 사이에 만남은 많고
항상 좋을 수만은 없기에

쓴 사랑도 해 보고 단 사랑도 해 보길 바란다.

○

하루

'아직'이 아닌 '벌써'가 되는
하루하루가 그런 뜻깊은 날이 되었으면.

일어서다

힘들고 지쳐서 주저앉아 봤으면
다시 힘내서 일어나는 방법도 알아야지.

꽃 같은 애

꼭 있더라.
꽃 같은 애.

예쁘게

어여쁜 사람이어도
슬퍼 우는 모습은 못나 보이니

예쁜 모습으로
환하게 웃어주기만 바라며.

나 자신을 사랑한다는 것

나 자신을 사랑하는 것
어쩌면 정말 힘든 일인지도 모른다.
외면적인 모습이나 내면적인 모습이
하나같이 다 마음에 들 수는 없지만
그대는 알아야 한다.

나란 존재는
세상에 하나밖에 없는 존재이기에
더욱 아끼고 사랑해야 한다는 것을.

마음

억지로 끼워 맞추지 마.
그러니까 다치는 거잖아.

○

억지

안 되는 것에 마음 두려 하지 마요.
왜 억지를 부려 더 크게 다치려고 하나요.

그저 좋아한다는 말을 하는 사람과
그저 보고 싶다는 말을 하는 사람과
그저 사랑한다는 말을 하는 사람과
아껴주고 사랑해주며 만나요.

인간관계

나에게 인간관계는
딱 두 부류로 나뉜다.

나의 이야기를 할 수 있는 사람과
나의 이야기를 할 수 없는 사람.

○

소소한

눈부신 해가 뜨는 아침을 맞이하고
별과 달이 빛나는 밤을 맞이하는

특별히 좋거나 나쁘지도 않은
그런 소소한 하루였으면 좋겠다.

그냥

그냥.
많은 의미가 담겨 있을 수 있는 말이겠지만
어쩌면 세상에서 가장 성의 없는 대답일지도.

사랑을 1

사랑을 하되 후회하지 말고
사랑을 잃되 아파하지 않길.

사랑을 2

사람을 잃고 사랑을 잃었는데
아프지 않을 수는 없다.

후회 없이 사랑할 때
가장 아름다운 사랑이 되고

후회 없이 사랑할 때
아픔 또한 적은 이별이 된다.

꿈

꿈이 있는 사람들은 모른다.
꿈이 없는 사람들이 얼마나 부러워하는지를.

꿈이 없는 사람들은 모른다.
꿈이 있는 사람들이 얼마나 노력하는지를.

○

나에게 좋은 사람

믿었던 사람에게 상처를 받아 아파 보고 나니
사람에 대한 불신은 더욱 커져만 갔고
누구를 만나도 의심이 먼저 들었다.

그렇기에
나에게 다가올 수 있는 사람은 정해져 있었다.

내가
뒤로 한 걸음 물러나도
앞으로 한 걸음 다가와주는 사람.

너답지 않게

너답지 않게 잘될 일에 걱정은.

어른

말하지 않았다, 아니 못했다.
투정을 부리고 싶어도
누군가에게 기대고 싶어도
울고 싶어도 주저앉고 싶어도
말하지 않았다, 아니 못했다.

어느새 참고 버텨내야 할 것들이
많아졌기 때문에

더욱더 난
아이가 되고 싶은 건지도 모르겠다.

○

조명

화려한 조명 속에 빛이 나는 사람이 아닌
나의 존재만으로도
화려하게 빛이 나는 사람이 되어야지.

○

진심

Q. 어떤 사람이 좋아?

A. 따뜻한 사람인데 따뜻하지 않은 사람보다
차가운 사람인데 차갑지 않은 사람이 더 좋더라.
따뜻해도 가식적인 사람보다
차가워도 진심인 그런 사람.

○

명령

눈이 안 떠질 만큼 붓도록 울어요.

그리고 말해요.

이제 더 이상 아프지 않겠다고.

대화의 답

정해진 답만
들으려고 하고, 말하려고 하니
문제의 답이 나오지 않는 거잖아.

사람 사이의 대화는
듣는 것과 말하는 것을
어떻게 받아들이는지에 따라
달라지는 것을.

예뻐서 좋아

"내가 왜 좋아?"라고 그녀가 물었다.
난 "예뻐서 좋아."라고 대답했다.

짧은 그 한마디에
그녀의 기분이 좋아진 듯했다.

알고 보면 대답은 정해져 있던 것 같다.

○

할 수 있다

처음부터 잘못된 거야.
"할 수 있을까."가 아니라
"할 수 있다."라고 해야지.

예쁜 시절

예쁜 시절이 돌아오지 않는다고 해서
예쁜 시절이 없어진 게 아니다.

흘러가는 지금도
예쁜 시절이기 때문에.

○

시기

누구에게나 오기 마련이다.
행복한 시기든 힘든 시기든.
그러니
설렐 필요도 걱정할 필요도 없다.

시기라는 건 잠시 왔다 가는 거니까.

서투르면 진심, 서두르면 거짓

사람의 외면을 판단하는 시간은 짧아도
사람의 내면을 판단하는 시간은 길다.

봐도 봐도 끝없는 그 사람의 모습
서투르지만 진심으로
서둘지 않고 천천히
알아가 보는 것.

사람의 마음은 그렇게 얻는 것.

꿈을 가진 사람

편안한 길, 안정적인 길
두 가지의 길을 포기하고
선택한 너의 길이
힘들고 지치고 잘 풀리지 않음에도 불구하고
매 순간이 즐겁고 행복하다면

걷고 있는 길을 후회하지 않았으면 좋겠다.

오해

오해를 풀려고 하면 할수록 더 복잡해진다면
한 번쯤 그 오해를
묵묵히 받아들이는 것도
괜찮다.

그 오해가
당신을 바꿀 수 있는 기회가 될 수 있으니.

생각

좋은 생각이 좋은 사람을 부르고
예쁜 생각이 예쁜 나를 만든다.

권태기

꽃들도 피었다 시들었다 하는데
사람 마음 또한 시들었다 피겠죠.

그러니 시들었다 하여 다른 꽃을 찾지 말고
그 꽃이 다시 피길 기다려 봐요.

그 꽃의
아름다움 자체가 없어진 건 아닐 테니.

대견

그만두고 싶었을 텐데.
포기하고 싶었을 텐데.

고마워.
잘 참고 견뎌줘서.

현실

세상은 그래.
'난 열심히 했는데.'가 아니야.

결국
잘해야만 살아남는 거야.

조절

누구에게든 마음을 조절해서 줘요.

마음을 너무 많이 줘서 아프지 말고
마음을 너무 조금 줘서 후회하지 말고.

마음이 원하는 일

더 이상 마음을 많이 주면 안 되겠다 해도
더 이상 마음을 조금 주면 안 되겠다 해도

많이 주면 상처 받을 거 같고
조금 주면 미련 남을 거 같고

마음이 원하는 일은 어쩔 수 없나 봐요.
다쳐도 꼭 하게 되니까.

마음을 준다는 것

마음을 준다는 것은
나도 모르게 어디론가 이끌려

행복인지도, 사랑인지도 모른 채
행복일 거라고 마음을 굳혀버리는 것이다.

결국
마음에 상처가 되어도 말이다.

무안

우리였던 사이가 너와 나로 됐을 때
무안할 만큼 잘 지내는 널 보며
생각했다.

밤하늘의 달이 별과 함께 하지 못했다면
밤하늘의 별이 달과 함께 하지 못했다면

달과 별도 무안할 만큼 잘 지냈을까.

예쁜 연애

얼굴 보며 웃어주는 것, 걸을 때 손을 잡아주는 것.
밥을 먹을 때 먼저 챙겨주는 것, 집까지 데려다주는 것.
좋아한다고 표현해주는 것, 사랑한다고 말해주는 것.

그렇다.
예쁜 연애는 찾는 것이 아니라 만들어가는 것.

행복해서

한 시간
두 시간
세 시간이 흘렀는데도
시간이 가는지 전혀 모르고 있었다.

마치
비 오는 날
비가 오는 것마저 잊는 것처럼.

꽃을 좋아하는 사람

말을 하지 않아도
마음을 들여다보지 않아도
따뜻함을 알 수 있는 사람이었다.

나 또한 꽃처럼
따뜻하게 아껴줄 수 있는 사람이었으니.

예쁘게

예쁜 날
예쁜 곳에
예쁜 사람과

예쁘게.

말 한마디

지치고 힘들어하는 너에게
수천 개의 글보다

따뜻하고 진심어린 말 한마디가
더 마음에 와 닿는 것.

힘내. 수고했어.

손

네가 힘들 때
해줄 수 있는 게 아무것도 없어도
옆에 꼭 앉아
슬퍼하지 않을 때까지
따뜻하게 손이라도 잡아줄 수 있는
그런 사람이 되어야지.

○

이유 없이

밤하늘이 검은 이유를 알지 못하듯이
바다가 파란 이유도 알지 못한다.

너도 그렇다.

어여쁜 사람이어서
이유도 모른 채 예쁘다고 하는 것뿐.

바보 같아서

하루에 지쳐 울상 지을 만도 한데
지친 모습보다 웃는 모습이 많은

사랑에 아파 눈물 흘릴 만도 한데
아픈 모습보다 웃는 모습이 많은

바보 같아서
웃는 모습이 더 예뻐 보이는 사람.

나의 꿈

누군가가 나의 꿈을 뭐라고 하든
누군가가 나의 꿈을 무시하든
신경 쓰지 마요.

꿈이라는 건
나 자신이 이루기 위해 꾸는 거니까
항상 좋은 것만 생각하고
항상 좋은 꿈만 꿔요.

돈

돈이 세상을 만들어가고 있는 것 같다.

사람보다 돈이 우선이 되고
꿈보다 돈이 우선이 되는.

세상에는 돈보다 소중한 것들이
많고 많은데 말이지.

있는 그대로

왜 사랑을, 사람을 바꾸려고 해요.

처음 봤던 그 순간 그 느낌.

그렇게
그 사람을 있는 그대로
사랑하는 겁니다.

살포시

조금씩 조금씩 기다려주는 겁니다.
어깨에 기대어 졸고 있는 그녀가 깨지 않게
팔베개에 곤히 자고 있는 그녀가 깨지 않게.

묵묵히 좋아한 보람이 있을 거예요.
살포시
그 사람이 기대게 될 겁니다.

신호등

초록불이라면 달려야 하는 게 맞지만
빨간불이라면 달리지 말고 쉬어요.

머지않아
초록불은 다시 들어올 테니까.

영원 1

영원하다고 아름다운 건 아니다.

영원하지 못해도
한때 나에게 있어
가장 아름답던 날도 있었으니.

영원 2

계절마다 피는 꽃이 있고
계절마다 시드는 꽃도 있다.

아름다움은 영원하지 못해도
꽃이 필 때나 시들 때나
아름답다는 걸 사람들은 알고 있듯이.

아름다웠던 순간, 행복했던 순간이
영원하지 못해도
우리 모두에게는
아름다웠던, 행복했던
순간들이 존재한다.

○

바보

항상 웃고 있어서
티를 내고 싶지 않았기 때문에
내가 아픈지, 슬픈지
아무도 몰랐다.

다만 계속 웃고만 있는 내가 한심스러웠다.
힘들 땐 힘들어해도 되고
슬플 땐 울어도 되는데 말이다.

사랑은

사랑의 취미는 연락이며
사랑의 특기는 표현이다.

그릇

서로 사랑해서 만나다 이별했는데
한두 달도 지나지 않아 웃고 다니는 사람과
한두 달 지나도 웃지 못하는 사람이 있다.

이것을 연애할 때
상대방에게 사랑을 줬던 그릇의 크기라 한다.

사랑을 주고받았던 그릇의 크기에 따라
잊지 못하는 사람과 쉽게 잊는 사람이 구별되듯
그 사람에게 너는
딱 그만큼의 크기였던 것이다.

○

그랬겠지

Q. 헤어지고 나면 마음이 편할 줄 알았는데
   더 힘든 거 같아.

A. 오랜 시간을 함께했던 사람인데 이제는
   함께할 수 없으니 힘들고 아픈 건 당연한 거지.

Q. 당연한 건데
   왜 그 사람은 아프지 않고 잘 지내는 건데?
   왜 나만 아픈 건데?

A. 그 사람은 그랬겠지.
   널 진심으로 사랑하지 않았거나
   널 금방 잊을 만큼만 사랑했거나.

○

네가

"와, 진짜 예쁘네."라고 혼자 중얼거렸더니
"그치, 여기 진짜 예쁘지?"라고 대답을 하더라.

여기가 예쁜 게 아니라
네가 예쁘다고 얘기를 한 건데 말이지.

○

우리는 왜

.

좋은 기억은 금방 잊어버리고
나쁜 기억은 오래 기억하는지.

아무것도 아닌 사람은 없다

누군가의 꽃이 되고 누군가의 힘이 된다.
누군가의 보석이 되고 누군가의 행복이 된다.

세상에 아무것도 아닌 사람은 없으니까.

사소한

잊고 살았다.
동네 공원에 앉아
눈을 보며
애기하는 것만으로도
행복한 것을.

주장

자기주장이 강한 사람이 있습니다.
들으려고 하지는 않고 자기 얘기만 하죠.

그런 사람과는 싸우지 않는 게 좋습니다.
이겨봤자 남는 거 하나 없는 사람이거든요.

○

두려움

마음 놓고 표현하는 것도
설레며 마음을 받는 것도

똑같은 상처를 받게 될까 봐 무섭고 두려웠다.

아파 본 사람들은 또 아파해야 할 것 같아서.

입

입이 가벼울수록 가벼운 사람이 되고
입이 무거울수록 무거운 사람이 된다.

얼마나 더

얼마나 더 힘들어해야
얼마나 더 아파해야
아무렇지 않게 무뎌질 수 있을까.

얼마나 더 일어서야
얼마나 더 강해져야
아무렇지 않게 웃을 수 있을까.

함께 있는 연애

함께 있어야 더 예뻐 보이는 그런 연애.

나는

밤이여야만 하고

너는

달이여야만 하는

그런 연애.

세상에 예쁜 꽃은 많고
시들지 않는 꽃은 없다

시들지 않는 꽃

힘들고 슬픈 날들을 지내어
그대의 마음이란 꽃이 시들었다 한들

아름답고, 행복하고, 즐거운 것들로
예쁘게 다시 피길 바란다.

세상에 시들지 않는 꽃은 없고
다시 피지 않는 꽃도 없으니까.

설레고 싶은 밤

이유 모를 웃음이 나서
밤새 베개를 안고 뒤척이는

누군가를 생각하다
설레고 싶은 밤.

부모님

말만 들어도 힘이 나는 사람.
말만 들어도 눈물 나는 사람.

약속

뒤처지지 않기를.
무너지지 않기를.
포기하지 않기를.
아파하지 않기를.

○

효도

항상 힘들고 속상할 때만 부모님을 찾아서인지
나의 화풀이 대상은 부모님이었네요.

사소한 투정은 모두 어머니 핑계를,
안 되는 일은 모두 아버지 핑계를.

생각해 보면 그저 잘되기만을 내내 바라고
응원하셨을 텐데 저는 왜 이제야 그 사랑을 알았을까요.

늦게 깨달아 더욱더 부모님께 잘해드리고 싶었습니다.
하지만 잘하려고 노력하고 또 노력하는데도
왜 이렇게 부족하죠?
더 잘하고 더 표현하고
사랑을 드리고 또 드려도.

○

조금만 더 일찍 잘해드릴 걸.
조금만 더 일찍 감사하며 살 걸.
조금만 더 일찍 부모님의 사랑을 알아볼 걸.

더 어렸을 때부터
그 사랑을 느끼지 못한 것에 후회만 남네요.

잘해도 부족하고 또 잘해도 후회하는 것이
효도입니다.

부모님의 사랑의 깊이는
어떤 것으로도 잴 수 없으니까요.

○

속상하게도 1

Q. 그 사람이랑 화해는 했어?

A. 아니, 내가 그 사람을 등지고
   돌아서면서 깨달은 게 하나 있어.

Q. 뭔데?

A. 속상하게도 우리는
   정말 소중하다고 생각했던 사람으로부터
   상처를 받게 된다는 것.

○

그랬던 사람

추억 속에 있기에는
너무 아까운 사람.

나에게 당신은
그랬던 사람.

○

가치

실수해도 되고 서툴러도 된다.
못해도 되고 잘하지 않아도 된다.

보석에 흙이 묻었다고
가치가 떨어지는 것은 아니니까.

너랑 나랑

내가 제일 잘생겨 보일 때는
너랑 같이 있을 때이고

네가 제일 예뻐 보일 때는
나랑 같이 있을 때야.

사랑하세요

얼마나 좋아요.

누군가가 날 사랑스럽게 보고 있다는 게.

그런 사람 만나

꾸미고 왔을 때만 예쁘다고 하는 사람 말고
꾸미지 않아도 예쁘다고 하는 사람 만나.

특별한 날에만 챙겨주는 사람 말고
사소한 거 하나하나 챙겨주는 사람 만나.

서로 다투게 될 때 자존심 세우는 사람 말고
대화로 풀어나갈 수 있는 사람 만나.

매일 미안하다는 말만 하는 사람 말고
매일 사랑한다는 말만 하는 사람 만나.

사랑했던 사람아

'많이 사랑하고 아껴줬던 만큼 후회는 없으니
아프지 않아야지.
울지 않아야지.'
생각하며 다짐했다.

하지만
내 마음과 다르게 잘 지내는 너를 보며
한없이 아파해야 했다.

사랑했던 만큼 후회가 없을 줄 알았는데
사랑했던 만큼 뼈가 시리도록 아파왔다.

웃고 있는 너와 아파하고 있는 날 보니 이제 우리는
아름다웠던 추억보다
절대적인 남이 되는 순간에 더 가까웠다.

○

사랑했던 사람아.

너는 나를 사랑했던 거니.
나만 너를 사랑했던 거니.

사랑

행복했든 행복하지 않았든
둘이 시작해
한 사람이 아파야 끝나는 감정.

함께

못나 보일 때도 그저 예쁘다는 말과 함께
특별한 날이 아님에도 소소한 이벤트와 함께
다투게 되어도 몇 분 지나지 않아
미안하다는 말, 고맙다는 말과 함께
잠을 자기 전엔 항상 사랑한다는 말과 함께.

누군가를 만나게 된다면
그저 행복하고 또 행복했으면 해서.

울어 1

울고 싶어도 항상 꾹 참아왔던 너에게
어린아이처럼, 오늘만큼은.

울어 2

오늘 어땠나요?

많이 지쳤어요? 많이 힘들었어요?
상처 받지는 않았어요? 아프지는 않았어요?

오늘만큼은 대답을 눈물로 해요.
어린아이처럼 펑펑 울고
다 잊은 듯 내일은 웃어요.

○

너와 나 사이

혼자여서 좋을 때가 있고
함께여서 좋을 때가 있다.

상처의 존재

마음이 아파 울고 있는 나에게
어느 날 상처가 와서 말을 건넸다.

누군가에게 진심으로 대했던 만큼 더 아플 거야.
그리고
아팠던 만큼 너에게 행복이 돌아갈 거야.

나는
더 큰 행복을 찾아주기 위해 존재하는 것뿐이니까.

○

자신감 1

연필도 깎으면 깎을수록 작아지는데
자신감도 깎고 깎으면 작아질 수밖에.

자신감 2

자신을 하염없이 원망하고 미워하면 달라지나요.

누구의 탓도 아니고
자신의 탓은 더더욱 아닙니다.
자신에게 상처주지 말고 흘려보내세요.

앞으로는 자신을 지키고, 높이 사세요.
좌절은 할 수 있으나 주저앉지 않으면 되고
상처를 받을 수 있으나 쓰러지지 않으면 돼요.

자신감은
그렇게 나 자신이 만드는 거니까요.

○

상처 1

좋게 말했든 아니든
듣는 사람의 마음에 가시가 박혀버리면
그게 상처가 되는 거야.

"나는 몰랐어."라는 말이
상처가 되지 않는 게 아니거든.

○

상처 2

모든 사람이 나와 같다 생각하지 않기를.

상처라는 것은 자신이 받아들임에 따라
아픔의 크기까지 달라지는 법.

그 사람이 느꼈고, 슬펐고, 아팠다면
그게 가시가 되고 상처가 되고 흉터가 된다.

그때 1

Q. 아직도 그 사람 생각하는 거야?

A. 아니, 그냥.
계절은 계속 바뀌어 가는데
그 사람과 걸었던 곳은
변하지 않아서.
사람이 생각나는 게 아니라
행복했던 그때가 생각나서.

○

그때 2

봄, 여름, 가을, 겨울
날이 따뜻했다 차가워졌다 몇 번을 반복해도
그 사람과 걸었던 거리는 변하지 않았다.

그래서 그런 건지 걷다 보니
괜스레 그때의 따뜻함과 행복함이 몰려왔다.

봄날 눈 녹듯 아픔이 사라지고
다른 누군가와 아무 생각 없이
행복함에 다시 젖을 수 있을까.

소망

그렇게 원하고 기대하면
한 번쯤은 들어주지 않을까.

사랑하지 않는다는 것은

나를 사랑하지 않는다는 것은
아직 누군가에게 사랑받을 자격이 없다는 것.

생각, 마음

보고 싶어서, 다시 만나고 싶어서가 아니다.

다만 시간이, 추억이
그때의 그대를 기억하고 있어서.

내 마음 아직 다 비워내지 못해서.

너를 잊은 듯 했다 생각은
아니 잊지 못 했다 마음은

잊지 말고 잃지 말자

허물없는 모습을 보기까지
서로서로 아껴주고
사랑했던 모습
우리는 잊지 말자.
시간에 속아
우리를 잃지 말자.

○

나쁜 사람은

모든 관계에서 모두에게
좋은 사람으로 남을 수는 없다.

좋은 사람이 되지 않았다고
나쁜 사람이 되는 것,
차라리 그것보다 편한 일이 있을까 싶지만

다른 사람에게 모진 소리, 안 좋은 소리 듣는
네가 싫어서

누구에게든 좋은 소리만 들었으면 해서

좋은 사람은 될 수 없어도
나쁜 사람은 되지 않았으면 해.

○

시작

한 번쯤 아파 본 사람들은 알아요.

어디서부터 시작해야 할지
시작은 어떻게 해야 할지를.

바람에 흔들리는 사람

바람에 흔들리는 사람은 만나지 마라.
한 번 흔들린 사람은 두 번 세 번 바람이 불어올 때마다
똑같이 흔들릴 것이 분명하다.

정도, 사랑도 받을 자격이 없는 사람.
바람이 불면 흔들리는 사람.

밤이 되면
온통 너로 잠긴다

온통

밤이 되면 폰을 뒤적거리다 너의 사진을 보며
시간 가는지 모르고 웃고
밤이 되면 침대에 누워 지난 일들을 생각하며
시간 가는지 모르고 설레고
밤이 되면 목소리를 듣고 싶어 달과 함께
시간 가는지 모르고 통화하고

밤이 되면
나도 모르게 온통 너만, 너로만
가득 찬다.

우리

다시는 돌아갈 수 없는 그때의 우리와
더 이상 돌이킬 수 없는 지금의 우리가

행복했으면 해서.

소중한 그대에게

망가질 대로 망가져버린 그대가
마음에 박혀 있는 가시가 너무 깊어
혹여 모든 걸 놓아버린 것은 아닌지
주저앉아버린 것은 아닌지
하루를 눈물로 보내는 것은 아닌지

걱정으로 내 마음이 물들어버렸다.

세상에 하나뿐인 소중한 그대가
조그마한 것에 가슴이 뛰고
주위에 펼쳐진 풍경에 기쁨을 느끼고
아무 생각 없이 행복을 느낄 수 있으면 좋겠다.

소중한 그대는
아픈 날보다 행복한 날이 더 많았으면 좋겠다.

○

사랑은 1

나이도
거리도
모습도
상황도

제약이 되지 않아야 한다.
사랑은 그런 것이어야 한다.

사랑은 2

나이, 거리, 모습, 상황 어느 하나
맞지 않는 것이 있다 하여도

마음 쓰지 않고 서로를 바라본다면
비로소 그것이 사랑이 되는 것.

이해를 하는 것이 아니라
다 받아들일 수 있는
그런 사랑을 하였으면.

겉과 속

겉은 점수와 값어치를 매길 수 있어도
속은 점수와 값어치를 매길 수 없었다.

너라서

꽃은 꽃이어서 예쁘고

별은 별이어서 예쁘고

너는 너라서 예쁘고.

강한 척

힘든 내색, 아픈 내색조차 할 수 없었겠지.
사람들의 시선이 널 그렇게 만들었을 테니까
강한 사람, 약한 사람 다르다 한들
힘들고 아픈 건 모든 사람이 똑같을 텐데.
혼자 이겨내려고 하고, 혼자 일어나려고 하잖아.
힘들면 누군가에게 기대어 보고
아프면 펑펑 울어도 봐.

너도 사람이잖아.
그렇게 강한 척하지 않고 살아도 돼.

○

소중함

곁에 있을 땐 알 수 없는 것.
곁에 없을 땐 알 수 있는 것.

○

사랑했던 사람에게 1

Q. 나 없으면 안 되겠다며
   왜 다시 돌아오지 않는 거야.

A. 왜 너에게 다시 돌아갈 수 없었을까.
   다른 사람을 만나서? 빨리 잡지 않아서?
   내 밑바닥을 보여줘서? 아니야.
   내가 세상에서 제일 사랑했던 사람이
   일상생활이 안 될 만큼 나를 아프게 했고,
   내가 세상에서 제일 사랑했던 사람이
   죽을 만큼 힘들 때 내 곁에 있지 않아서.
   다른 사람도 아닌 내가 사랑했던 사람이 그래서
   그래서 그런 거야.

사랑했던 사람에게 2

누구보다 사랑했던 사람에게 받은 상처면
죽을 만큼 아팠을 거고
그래서
사람이 무서워지고, 사랑이 무서워졌을 테니
혼자 있는 시간이 길어졌겠지.

아팠던 만큼 더 좋은 사람 만나
아팠던 만큼 더 행복했으면.
아팠던 만큼 더 따뜻해졌으면.

○

잘되길 바랄게

지쳤던 만큼, 힘들었던 만큼
울었던 만큼, 노력했던 만큼
딱 그만큼만 잘되길 바랄게.

부러워할 만큼

사랑하는 사람이
주변 사람들에게 부러움을 받는다는 게
부끄럽기도 하고 민망하기도 하겠지만
세상에서 제일 예쁜 사람이 된 것 같은
기분일 거야.

사랑할 때만큼은
남들이 부러워할 만큼
어느 누구보다 예쁜 사람으로 대해주길.

거리

네가 걸어가는 거리엔
모난 돌이 많았으면 좋겠다.

걸어왔던 자리를 뒤돌아봤을 때
헛걸음이 아니라는 걸 알 수 있을 테니까.

선물

이것보다 좋은 선물이 있을까.

예쁜 너를 만난다는 것.

정말 행복한 건

항상 나에게 "너랑 있어서 행복해."라고 얘기한다.
정말 행복한 건 예쁜 네가 날 만나주는 일인데.

사람 사이

점점 믿지 못하는 사람이 늘어나고
같이 하고 싶은 사람은 줄어간다.

어느새 혼자가 된 나는
'내게 좋은 사람이 이렇게도 없었나.' 하고
생각해버리고 만다.

아무것도 하지 않은 내 탓일 수도 있는데.

별 같은 너

빛 나더라.
별 같은 너.

비참

누구보다 행복하다고 생각했던 우리 사이에
제일 비참했던 순간이 언젠지 알게 되었다.

너는 나를 사랑하지도 않는데
나만 우리 사이를 지켜 나가려고 했을 때.

○

호우주의보

비가 내린다.
호우주의보.

눈이 내린다.
폭설주의보.

네가 내린다.
예쁨주의보.

노력할게

"노력할게."는

함부로 포기하지 않을 때 쓰이는 말이길.

혼자

처음이라 걱정도 되고 겁도 많이 날 거야.
잘할 수 있을까.
못하지는 않을까.
실수는 하지 않을까.
사람들에게 미움 받지 않을까.

많은 생각이 스며들어도
모든 일을 누군가의 도움 없이
혼자 해 보는 거야.
혼자 이겨내는 거야.

혼자 지내는 사람은

혼자인 게 좋아서 혼자 지내는 게 아니야.
많이 외로울 때도 있고
누군가에게 의지하고 싶을 때도 있어.

친구가 아닌 내 사람에게 그러고 싶을 때가
있다는 말이야.

그렇다고 아무나 만나고 싶지는 않아.
아직까지는 사람을 만나서 알아갈 자신이 없어.

이제는 나를 많이 사랑해줄 사람이 있을까 하는
생각이 들기 때문에 그래.
예전처럼 다른 사람에게 사랑을 줄 수 있을까 하는
생각이 들기 때문에 그래.

○

아니다.

혼자가 아닌 우리가 될 때

똑같은 상처가 또다시 내게 올까 봐 그래.

○

수고했다

어김없이 오늘도 오늘을 이겨낸 당신에게 박수를.

문득

힘없이 오늘도 눈을 뜬 채 너와의 추억을 거닐다
할 수 있는 게 아무것도 없다는 걸 알았다.
나는 주저앉아 고개를 떨구고 눈시울을 적셨다.

문득
너와의 추억을 지울 수 있다면
행복했던 기억들도 지우고 싶었다.

○

판단 1

딱 한 번의 괜찮다는 말로
모든 것을 이해하고
괜찮아하는 사람이 될지는 몰랐다.

○

판단 2

모든 것을 이해하고 괜찮다며
받아들이는 사람은 없다.
다만
기다리고 배려하며 괜찮은 척하고 있을 뿐.

누군가의 배려와 이해를 보고
모든 것을 괜찮아하는 사람으로
판단하지 않았으면 좋겠다.

○

나만

사람 사이에 있을 수 있는 모든 관계에서
서로 멀어지거나 헤어짐이 왔을 때

나만 아쉬워하게 되지는 않았으면 해.

무리

너무 앞서 나가면 탈이 날 수 있으니
천천히 다가가요.
나에게 올 것들이라면
무리하게 다가가지 않아도 올 거예요.
그것이 일이든 사람이든 사랑이든.

상황 1

Q. 또 왜 울어.

A. 헤어졌는데
그 사람한테 화가 나는 게 아니라
나한테 너무 화가 나.

Q. 걔가 잘못한 건데 네가 왜?

A. 내가 받은 상처보다
이제 그 사람을 볼 수 없다는 것이
더 상처가 되어버린
그런 내가 너무 싫어서.
그 사람이 죽도록 미운데
보고 싶어 하는 내가 너무 싫어서.
그래서 나한테 더 화가 나.

○

상황 2

함께한 것들이 너무 많아서
잊지 못할 추억들이 너무 많아서
처음으로 사랑이라는 것을 느껴 봐서

점점 멀어져 가는 뒷모습을 보고도
같이 돌아서지 못하고
주저앉아 너를 기다리고 있었는지도 모르겠다.

나는 왜
아직도
이 상황을 사랑이라 여기는지 모르겠다.

○

잠

상처투성이가 된 하루.
지치고, 힘들고, 속상한 마음으로
맞은 밤이지만
잠을 잘 때만큼은
뒤척거리지 말고 예쁜 꿈 꾸길.

친구

나의 부름에 망설임 없이 나오는
친구가 있다는 것.
실없는 대화를 2시간, 3시간 들어줄 수 있는
친구가 있다는 것.
몇 개월을 보지 않아도 어색하지 않은
친구가 있다는 것.
잘못을 하면 덮어주기보다 꾸짖는
친구가 있다는 것.
울 땐 같이 울고 기쁠 땐 같이 기뻐해주는
친구가 있다는 것.

그런 친구가 나에게 단 한 명이라도 있다면
끝까지 그 친구와 함께하자.

다툼

연인 사이에 다툼은

누가 이기는 것이 중요한 게 아니라
자신의 잘못을 받아들일 줄 아는 것이 중요한 것.

○

너

힘든 걸 이겨낼 수 있는 사람은
행복도 즐길 줄 아는 사람이다.

거절

때로는 냉정해질 필요가 있다.
무엇을 위해 거절을 할 때
조그마한 여지를 남겨 두는가.

미안함, 동정심 같은 감정이
다른 사람을 더 아프게 할 수 있다는 것도 알아야지.

내 사람

무슨 말이 필요할까요.

예쁘다는 말도 부족하다 생각이 들 만큼
어여쁜 당신에게는.

○

장거리 1

너를 만나러 가던 그 긴 시간.
어떤 인사를 건네고, 어떤 표정을 지어야 할까
수없이 고민했던 그 긴 시간이, 그 고민들이
너의 얼굴을 보자마자
무의미했다는 걸 깨달았다.

세상에서 가장 행복한 표정을 짓고 있는 걸
너도 알고
나도 알았으니.

○

장거리 2

우리는 멀고도 멀었다.

보고 싶을 때 보지 못하고
아플 때 옆에서 챙겨주지 못하고
그 흔한
동네 놀이터에 앉아
시간을 보내는 데이트조차 하지 못했으니
우리는 애틋하고 더 간절했다.

보지 못하는 만큼 멀어지기보다
보지 못하는 만큼 서로 더 원했으니

우리의 사랑은 그걸로 충분했다.

○

꿈이 아닌 자리에서

지금 하는 일이 꿈인 사람보다
살기 위해 일을 하고 있는 사람이 더 많을 거야.
지겨움, 허무함.
꿈꿔 왔던 건 이런 것이 아니었는데
매번 똑같은 일상으로 하루를 보내고 있겠지.
먹고 살려고 꿈이 아닌 일을 하며
하루를 이겨내는 청춘들에게 얘기해주고 싶다.

꿈이 아닌 자리에 그대라는 사람이 있어
세상이 버티고 있는 거라고.
또한
그 자리에서도 항상 빛이 났으면 한다고.

○

길

너에게로 가는 길 설레길.
나에게로 오는 길 행복하길.

영화

자신이
'주연'인지도
'조연'인지도
모르는 사랑 영화는
처음부터 시작하지 않았으면.

○

예쁘게 하고 와

남자가 "예쁘게 하고 와."라고 얘기했다는 것은
춥게 입고 오라는 뜻이 아니라
있는 그대로 오라는 거야.

○

마음가짐

살아가면서 우리는 많은 사람들을 만나게 된다.
이런 사람도 만나 보고 저런 사람들도 만나 보고.

사람을 만나 봐야 한다는 것도 중요하지만
제일 중요한 것은 지금 옆에, 곁에 있는
사람이 처음이자 마지막이라 여기고 느끼는 것.

마음가짐에 따라 사랑의 크기도 달라지는 것이니
온전히 내 사람을, 내 사랑을
처음이자 마지막이라 여기는 것이
제일 중요하다.

지금 순간은

힘들어하는 지금 이 순간은
먼 훗날 선물이 되어 돌아온다.

결국

헤어지자는 말이 많은
연인 사이에는
싸웠다 붙었다 해도

결국
또 다른 이유로 헤어지거나
똑같은 이유로 헤어진다.

파도

행복이 잔잔해도 좋으니
멈추지만 마라.

지금처럼만

생각도 많고 걱정도 많은 밤일 텐데
묵묵히 참고 버텨내줘서 고마워요.

아무리 힘들고 지치고 포기하고 싶어도
지금처럼, 지금처럼만 이겨내요.

겨울이 가고 봄이 오듯 힘들었던 일이 지나가고
행복이 그대 곁에 다시 찾아올 테니까.

○

이해

서로 말을 하지 않는 이해는 이별을 부르고
서로 말을 주고받는 이해는 사랑을 부른다.

○

마침표

"많이 아파?", "약은 먹었어?"보다는
"같이 병원 가자.", "약 사왔어, 챙겨 먹어."가 더 좋고

"좋아하는 건 뭐야?", "뭐 먹을래?"보다는
"오늘은 이거 먹자.", "여기 맛있대, 가 보자."가 더 좋고

"비 온다는데 우산은 챙겼어?"보다는
"비 온다니까 데리러 갈게, 기다려."가 더 좋다.

연인관계에서 서로 주고받는 말의 끝이
항상 물음표가 되기보다 마침표가 들어가는 것이 더
좋은 것 같다.

마지막까지

마지막까지 나와 함께할 사람들이
지금 옆에 있는 소중한 사람들이었으면.

○

연애의 발견

밤마다 목소리를 듣고 싶어 매일같이 전화한다고
잠을 제대로 자지 못했어.
세상에서 제일 단 게 잠인 줄 알았는데
아침마다 살짝 밀려오는 그 피곤함이 더 달고 좋더라.

그런 사람

더 멋진 사람이 되기보다
나다운 사람이 되었으면.

행복한 연애

잠을 자는 것보다 밀려오는 잠을 참으며
목소리가 듣고 싶어 밤마다 전화하는 연애.
큰 것보다 이렇게 사소한 것에
행복을 더 느낄 수 있는 연애.
변하지 않는, 끝까지 아껴줄 수 있는 연애.

그리움

아무 생각 없이 뻗었던 팔은
언제나 당신의 팔베개가 되었어요.
팔베개를 하고 자는 예쁜 모습에
장난을 치고 싶었죠.
일부러 팔을 뻗지 않으면 삐죽 튀어 나온 입술로
내 손을 잡고
머리 뒤로 팔을 넘겨 잠이 들곤 했어요.
그 예쁜 모습을 보다 잠이 들면
새벽에 팔이 저려 깨고는 했는데
이제는 하루 종일 뻗고 있어도 저리지 않는 팔이
너무 속상하네요.

잘 어울린다, 그치1

"와 하늘에 별이 진짜 많아, 예쁘다."

"추운데 괜찮아? 얼른 집에 들어가."

"조금만 더 목소리 듣고 들어갈래."

"별이 그렇게 예뻐?"

잘 어울린다, 그치 2

예쁜 별을 보면서
좋아하는 사람이랑 전화하니까
추운지 하나도 모르겠다는 바보나

좋아하는 사람이 별 예쁘다고 하니
추운데 전화기 들고
신발 신으러 가는 바보나.

잘 어울린다, 그치?

행복의 비밀

좋아하는 일만 하는 것이 행복이 아니라
하는 일을 좋아하는 것도 행복이라더라.

너를 만나러 가는 길

두 손이 허전해 근처 꽃집에 들러
"제일 예쁜 꽃으로 주세요." 하고 민망해하듯 말했고
'이 꽃을 받으면 좋아하겠지?'라는 생각에
기분이 좋아진 난
문득 이런 생각이 들었다.

꽃과 꽃의 만남.
이보다 더 예쁜 그림이 있을까.

좋은 사람에겐
항상 좋은 사람들이 있다

괜찮다고 말하지 마 1

고개만 살짝 떨구어도 눈물 떨어질 것 같은 얼굴로
"난 괜찮다."고 말하지 마.

보고 있는데도 아프지 않다고 말하면
네가 아픈 게 아니라
내가 더 아플 거 같아서 그래.

괜찮다고 말하지 마 2

바보같이 우는 얼굴로 괜찮다고 하지 마.
힘든데, 아픈데
왜 울면서까지
괜찮다고 얘기해.

괜찮다는 말은
정말 괜찮을 때만 하기로 해.

힘들 때는 힘들다고 하고
아플 때는 아프다고 하고
정말 괜찮을 때
"나 괜찮다."고 말하기로 해.

멍

상처는 멍과 같다.

사람에게 사랑에게 다쳐
살갗 속 큰 멍이 생겼다 한들
아프다며 상처를 짓누르지 마라.

멍은 아무 일 없다는 듯 곧 사라지기 마련이다.

○

쉬운 사람

Q. 세상에서 제일 가지고 놀기 좋은 게 뭔지 알아?

A. 뭔데?

Q. 나한테 진심을 보여주는 사람.

A. 그럼 세상에서 제일 쓰레기 같은 짓이 뭔지 알아?
진심인 사람을 마음도 없으면서 가지고 노는 짓이야.
이 사람은 네가 무슨 나쁜 짓을 해도 바보같이
믿고 또 믿을 텐데
너는 진심이라는 것을
가지고 놀기 쉽다고 생각을 하잖아.

○

꽃집

너를 만나러 가는 길이 설렘으로 가득 찼다.

그에 맞추어

너와 잘 어울리는 것을 찾다

나도 모르게

꽃집을 가리켰다.

그리고

너와 닮은 꽃을 샀다.

○

헤어지자는 말

나를 위해 하는 게 어디 있어.
다 너를 위해 하는 말이지.

상처가 있어도

상처 받았다고, 아팠다고, 힘들었다고
자존감을 낮추거나 자신을 미워하거나
사랑을 저버리는 일은 없었으면 좋겠습니다.

그대라는 꽃에서 꽃잎 하나 떨어졌다고
예쁨이 사라지는 것은 아니니까요.

상처가 있어도 그대는
오늘도 그대로 예쁩니다.

애써

그이는 나를 사랑한다 여겼습니다.
따뜻한 손을 잡을 때도
서로 마주 보며 걸을 때도
보내기 아쉬워 꼭 안고 있을 때도
마음이 가득 차 있다 여겼습니다.

같다고 생각했던 마음은 달랐습니다.
모든 감정들이, 모든 행동들이
내가 했던 만큼의 동정일 뿐이었습니다.

사랑을 한다면
서로가 같이 아껴주고, 사랑하고,
보고 싶어 하길 원했기에
동정을 사랑이라 여기지 않도록
애써 웃으며 괜찮은 척했습니다.

○

뭐가 그렇게 힘들었어?

아무 말 없이 품에 안겨 있는 너인데
해줄 수 있는 건
슬퍼하지 말라는 말보다
아파하지 말라는 말보다
눈물 흘리지 말라는 말보다
마음이 따뜻해질 때까지 안아주는 것뿐이었다.

슬프고 힘들어서 안겨도 좋으니
내 품에서 마음 아파 울지만 마라.

○

지속

연인 사이에 제일 중요한 것은
마음이 변하지 않고 처음 그 마음 그대로를 지키는 것.
만남을 이어가는 것이
생각처럼 쉬운 일은 아니다.
만날 때마다 못 보던 모습을 계속 보기 때문이다.
그것이
또 다른 실망을 만들기도 하고
또 다른 사랑을 부르기도 한다.

그 사람을 처음 만났던 날, 처음 고백했던 날을
잊지 않고 간직한다면
사랑하는 마음을 지속하는 데 힘이 되지 않을까.

○

그런 거 있잖아 왜
보기만 해도 좋은 거

그런 거 있잖아 왜

그냥 말 한마디를 해도 따뜻한 사람
그냥 걷기만 해도 행복한 사람
그냥 보고만 있어도 설레는 사람
그냥 존재만으로도 좋은 사람

그런 사람 있잖아요, 왜.

처음은

누구의 강요가 있어서도 안 되고
누구의 참견이 있어서도 안 된다.

일도, 사랑도, 사람도
꼭 원하는 대로 마음이 가는 대로
하길 바란다.

항상 모든 일의
처음은 너이길 바란다.

그땐 그랬지

한 살 한 살 나이를 먹을수록
뭐가 그렇게 옛날이 그리운지
한 명씩은 꼭 얘기하더라.
"그땐 그랬지."라고.

상극

'우리'라는 책을 쓰고 싶어도
쓸 수 없었다.

나는 '연필'이고
너는 '지우개'였으니.

겉과 속

정말 고급스러운 레스토랑에 갔습니다.
음식이 나왔는데 겉으로만 보아도
"와!"라는 감탄이 나올 정도로 화려했습니다.
음식을 먹어 보지도 않고
여긴 최고일 거라는 생각이 먼저 들더군요.
근데 막상 음식을 먹어 보니
평범한 음식점보다 못한 맛이었습니다.
차라리 고급스럽지 않아도, 화려하지 않아도
음식이 맛있는 집을 찾을 걸 그랬습니다.

사람도 똑같습니다.
보이는 것만으로 사람을 판단하고 좋아하지 마세요.
겉은 화려하지 않지만 보이지 않는 면에서
좋은 점을 가진 사람들도 많다는 사실을
잊지 않았으면 좋겠습니다.

○

두려움

두렵다.
외롭디 외로운 내가
또다시 잠깐 불어오는 바람에 아파질까 두렵다.

또다시 잠깐 흔들리는 마음에
온 맘 다해 내 사람, 내 사랑이라 여길까
그러다 다시 혼자만 남겨질까
두렵다.

장난

아무리 힘들어도, 아무리 아파도

자신이 받은 상처를

다른 사람에게 똑같이 돌려주는 일은 없어야지.

○

잊지 말자

사람 사이가 모두 좋을 수만은 없다는 것을.
당신은 사랑받을 가치가 있는 사람이라는 것을.
마음의 흉터는 흉터일 뿐이라는 것을.
그대는 소중하고 어여쁜 사람이라는 것을.

다짐

누군가가 "당신은 지금 행복하신가요?"라고 묻는다면
슬프고 힘들고 아파도 행복하다고 말하세요.

행복은 당신이 마음먹기에 달린 겁니다.

응원

가고자 하는 길이 생겼습니다.
이 길로 끝까지 걸어가 성공을 하고 싶다는
생각이 들었습니다.
하지만 살다 보니 걸어온 길을
한 번은 돌아보게 되더군요.
이 길이 내가 가야 할 길이 맞는지
제대로 걷고 있는 게 맞는지
지금이라도 다른 길로 간다면 늦지는 않을지
불안과 걱정이 생겼습니다.

길이라는 건 주어진 길로만 가야 되는 것이 아니라
자기 자신이 선택해서 걸어야 하는 겁니다.
늦지 않았습니다.
하고 싶은, 가고 싶은 길로 다가서세요.

○

어느 길을 가더라도 편안한 길은 없을 거고
어느 길을 가더라도 막다른 길은 아니었으면 하고
어느 길을 가더라도 끝은 꽃밭이길 바랍니다.